Deviens un lec  Caillou !

Inspirée de la série d'anir... e série de
livres répartis en trois nive... ...e pour les
lecteurs qui amorcent l'apprentissage de la lecture. Chaque livre
met en valeur un vocabulaire usuel et une grammaire simple.
Des mots vedettes, en gras dans le texte, sont présentés dans un
dictionnaire illustré afin de développer le vocabulaire de l'enfant.

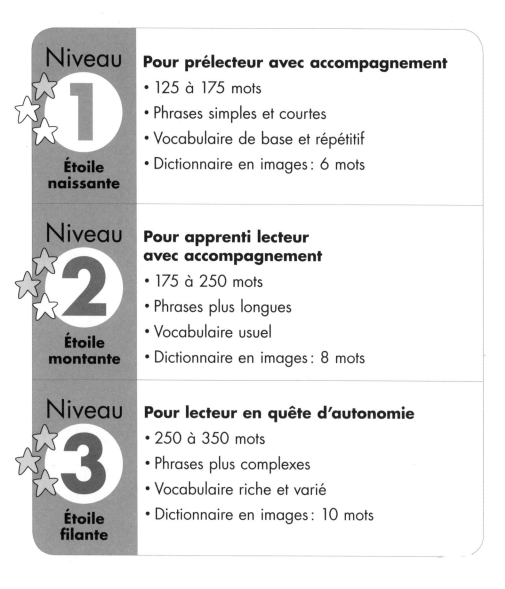

Niveau 1 — Étoile naissante

Pour prélecteur avec accompagnement

- 125 à 175 mots
- Phrases simples et courtes
- Vocabulaire de base et répétitif
- Dictionnaire en images : 6 mots

Niveau 2 — Étoile montante

Pour apprenti lecteur avec accompagnement

- 175 à 250 mots
- Phrases plus longues
- Vocabulaire usuel
- Dictionnaire en images : 8 mots

Niveau 3 — Étoile filante

Pour lecteur en quête d'autonomie

- 250 à 350 mots
- Phrases plus complexes
- Vocabulaire riche et varié
- Dictionnaire en images : 10 mots

©2018 ÉDITIONS CHOUETTE (1987) INC. et DHX MEDIA (TORONTO) LTD.
Tous droits réservés. Toute traduction ou reproduction d'un extrait quelconque de ce livre, sous quelque forme que ce soit et par quelque procédé que ce soit, tant électronique que mécanique, en particulier par photocopie ou par microfilm, est interdite.

CAILLOU est une marque de commerce appartenant aux Éditions Chouette (1987) inc.
DHX MEDIA est une marque de commerce appartenant à DHX Media Ltd.

Texte : adaptation par Rebecca Klevberg Moeller
Tous droits réservés.
Texte original : Sarah Margaret Johanson, d'après le dessin animé CAILLOU
Illustrations : Eric Sévigny, d'après le dessin animé CAILLOU

Les Éditions Chouette remercient le Gouvernement du Canada et la Société de développement des entreprises culturelles du Québec (SODEC) de leur soutien financier.

Canada

Québec
Crédit d'impôt
livres

Gestion
SODEC

Catalogage avant publication de Bibliothèque et Archives nationales du Québec et Bibliothèque et Archives Canada

Moeller, Rebecca Klevberg
[Caillou: The Big Dance Contest. Français.]
Caillou : Les champions de danse.

(Lis avec Caillou. Niveau 1)
Traduction de : Caillou: The Big Dance Contest.

Publié antérieurement sous le titre : Caillou danse avec mamie.

Pour enfants de 3 ans et plus.

ISBN 978-2-89718-470-4 (couverture souple)

1. Caillou (Personnage fictif) - Ouvrages pour la jeunesse. 2. Danse - Ouvrages pour la jeunesse. 3. Grands parents et enfants - Ouvrages pour la jeunesse. I. Sévigny, Éric. II. Johanson, Sarah Margaret, 1968-   . Caillou dances with Grandma. Français. III. Titre : The Big Dance Contest. Français. IV. Titre : Caillou danse avec mamie.

GV1596.5.M6314 2018   j792.8   C2017-942129-8

Imprimé au Canada
10 9 8 7 6 5 4 3 2 1 CHO2029 MAR2018

Étoile naissante Niveau **1**

Les champions de danse

Texte : Rebecca Klevberg Moeller, spécialiste de l'enseignement des langues
Illustrations : Eric Sévigny, d'après le dessin animé

Caillou joue chez mamie.
Il voit un **livre**.

Caillou prend le **livre**.
Il voit une **photo**.

–Qui est sur la **photo** ?
demande Caillou.

–C'est papi et moi,
répond mamie.

–Nous étions de bons danseurs!

Caillou voit un **ruban**.
–Qu'est-ce que c'est?

—C'est le **ruban** des gagnants, dit mamie. Nous étions les meilleurs danseurs.

–Moi aussi je sais **danser**!
dit Caillou.
Caillou saute d'un **pied**
sur l'autre.

–Viens, je vais te montrer
une autre **danse**, dit mamie.

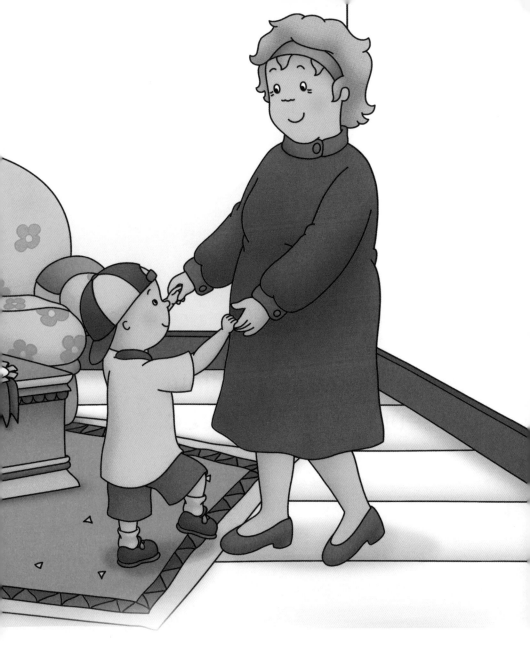

Prends mes **mains**. Bouge tes **pieds**.

–Bravo, tu es le meilleur danseur! Voici ton **ruban**!

Caillou **danse** avec papi.

Papi **danse** bien aussi !

Maman et Mousseline arrivent
chez mamie.

–Je suis champion de **danse**, dit Caillou. Voici mon **ruban** !

–Mamie et papi étaient de bons danseurs aussi. Regarde la **photo** !

–Et regardez ça ! dit papi.
Il prend les **mains** de mamie.
Ensemble, ils bougent leurs **pieds**.
Maman applaudit.
–Vous êtes de bons danseurs !

Dictionnaire en images

livre

photo

danse/danser

ruban

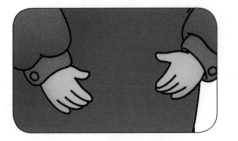

mains

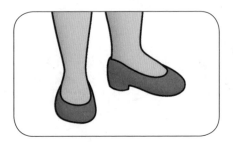

pieds